LA FÊTE DE CÉLESTEVILLE

SERA OUVERTE
DIMANCHE PROCHAIN
PAR

Laurent de Brunhoff

ET LE ROI

BABAR

o

NOMBREUSES ATTRACTIONS
PROMENADES AU FOND DU LAC
FÊTES DE NUIT

o

à l'école des loisirs

Librairie Hachette

l'école des loisirs
11, rue de Sèvres à Paris 6ᵉ

Dans la même collection :

1
Histoire de Babar
le petit éléphant

2
Le voyage de Babar

3
Le roi Babar

4
Les vacances de Zéphir

5
Babar en famille

6
Babar et le Père Noël

7
Babar dans l'île aux oiseaux

8
Babar et le professeur Grifaton

9
La fête de Célesteville

Première édition dans la Collection « lutin poche » : mars 1984
Maquette : Sereg, Paris
1954, Librairie Hachette, Paris
Loi n° 49.956 du 16.07.1949 sur les publications
destinées à la jeunesse : mars 1984
Dépôt légal : décembre 1990
Imprimé en France par Tardy-Quercy à Bourges
Numéro d'imprimeur : 16293

« Chers amis », dit un jour Babar
au général Cornélius, au docteur Capoulosse
et à Podular le sculpteur,
« ce sera bientôt l'anniversaire
de Célesteville, la ville des éléphants.
Invitons cette année tous les animaux
à participer à une grande exposition.
Chacun pourrait construire un pavillon
et apporter quelques belles et bonnes choses
de son pays. Qu'en pensez-vous ?
— Excellente idée, dit Cornélius.
Voyons tout de suite comment
organiser notre fête.
Podular et Capoulosse approuvent avec enthousiasme.

Quelques jours plus tard les journaux donnent
toutes les explications dans une édition spéciale.
Les éléphants qui partent au travail, ceux qui font leur marché,

tous parlent de la grande fête. Pom, Flore et Alexandre,
les enfants du roi Babar et de la reine Céleste, et Arthur,
leur grand cousin, ont failli oublier d'aller à l'école.

…teville

…artout annoncer la fête
…vec de la fumée blanche:
…rande exposition.
…emandez les détails.
…enez tous! Venez tous!»
…e nez de l'eau. Les singes
…endent leur long cou.
…u'il va bien s'amuser.

Ramatur le rhinocéros
et Xilophon le singe
sont les premiers
arrivés.
Ils vont aussitôt
au bureau
des inscriptions.
Le secrétaire s'applique.
Il écrit : "SINGES,
envoyé : monsieur Xilophon.
RHINOCÉROS, envoyé responsable : monsieur Ramatur".
Puis viennent : Césarine la girafe, le lion Grégoire
et beaucoup d'autres. Le roi Babar décide avec eux,
sur un plan de Célesteville de l'emplacement de chaque pavillon,
L'exposition sera construite de l'autre côté du lac.

Une semaine
plus tard
Pom, Flore
et Alexandre
se promènent
à travers le chantier.
Le mécanicien
leur dit :
« Bientôt la fête
pourra commencer.
Les lions
sont déjà prêts
et les singes aussi »

Et voici le grand jour.
Un immense cortège défile
dans les rues de Célesteville : Ce sont
tous ceux qui ont construit l'exposition.
Babar vient en tête dans une grosse auto bleue.
Il est content mais un peu inquiet : la fête sera-t-elle réussie?

Les éléphants sortent sur le pas de leur porte
ou sur leur balcon et crient de toutes leurs forces:
« Vive le roi Babar !
Bravo, Césarine ! Vive Ramatur !
Vive la fête de Célesteville ! »

Les premières voitures ont traversé le lac
sur le grand pont de Célesteville. Derrière suivent
les autobus tous complets. Beaucoup de visiteurs n'ont pas voulu
attendre et courent sur les trottoirs. "Quelle belle ville,"
pensent ceux qui y viennent pour la première fois.

Arrivé devant la porte principale,
Babar descend de voiture.
Il se tourne vers la foule
et dit :
"Mes chers invités, mes chers amis,
c'est avec émotion que j'ouvre cette exposition.
Pour la première fois
dans notre histoire
une fête comme celle-ci a lieu.
Jamais nous n'avons été aussi nombreux
à Célesteville.
Que chacun de nous apprenne à connaître
les autres et à les aimer.
Chers amis, amusez-vous bien !"
Un tonnerre d'applaudissements suit ces paroles.
Cornélius tend alors une paire de ciseaux à Babar.
Un grand silence se fait.
Babar coupe le ruban : l'exposition est ouverte.

Le roi Babar commence la visite officielle par les kangourous.
Quelques-uns d'entre eux lui expliquent
qu'ils n'ont besoin ni d'escalier ni de porte.
Ils sautent d'un étage à l'autre.
"La grande entrée a été faite spécialement
pour les grands animaux", lui disent-ils.
Pom et Alexandre imitent les kangourous:
mais ils sont trop gros pour entrer par les fenêtres.

Pendant que Babar est dans le pavillon des rhinocéros,
Flore, chez les oiseaux,
a retrouvé avec joie le petit canard vert.
Arthur est monté chez les singes,
avec son ami Zéphir, dans le balcon-ascenseur.

Le petit canard décide de visiter l'exposition avec ses amis.
Les voici chez les girafes.
"Bonjour, madame Césarine, dit Alexandre.
Vous avez un très joli château,
mais pourquoi les fenêtres sont-elles si petites?
— Dans notre pays le soleil tape très fort,
répond la girafe, avec de petites fenêtres
la maison reste fraîche, c'est bien agréable."

Un peu plus loin, Pom écoute de toutes
ses oreilles un dromadaire et un chameau
en grande conversation devant leur tente.
Ils parlent de voyages....
Pom se demande s'il est plus confortable
d'être assis entre les deux bosses du chameau
ou perché sur celle du dromadaire.

Voici le marché de l'exposition sous la grande coupole.
Que de bonnes choses à manger, que de belles choses à voir !

"Moi j'aime mieux celle des oiseaux", dit Flore
en regardant le petit canard....

Du haut
du
pavillon
la vue
est
vraiment
splendide.

Une lorgnette
est
installée
pour mieux
contempler
le
paysage.

Le petit canard aperçoit des animaux bizarres
qu'il ne reconnaît pas.
"Passe-moi ta lorgnette, dit Alexandre.
...Ce sont des scaphandriers!
Je les ai vus construire les piles du grand pont.
Que font-ils donc aujourd'hui?
Ça doit être une surprise".

Les quatre amis se précipitent.
Quelle joie! Tout le monde peut être scaphandrier.
Il suffit de se déshabiller au vestiaire
et d'aller choisir un scaphandre
et des semelles de plomb.
"Moi, je n'ai besoin de rien,
dit le petit canard, je sais nager sous l'eau".
Le lion, qui n'a pas envie de se mouiller,
a mis une chemise transparente. La girafe aussi,
et tous ceux qui n'ont pas la peau dure des éléphants.
Les hippopotames, eux, ont l'habitude
de rester sous l'eau, mais ils sont contents
de pouvoir faire de longues promenades
sans être obligés de remonter pour respirer.

PAVILLON
DES
HIPPOPOTAMES

Ramatur le rhinocéros est ravi de son expédition.
Il rêve de construire chez lui une maison sous-marine.

Quant à Alexandre, le polisson, il a retiré ses semelles de plomb.
Aussitôt, il remonte malgré lui à la surface de l'eau.

-29-

Non loin de là
se trouve
le pavillon
des hippopotames.
Ah! ce qu'on s'amuse
sur le toboggan!
Arthur
a déjà plongé
dix fois.

Mais, catastrophe!
au moment où
un gros hippopotame
glisse dans l'eau,
Alexandre
passe juste
dessous.

Le pauvre petit
éléphant
a-t-il été
assommé?
Les poissons
ont grand peur
et s'enfuient
dans tous les sens.

Heureusement
le scaphandre
est solide.
Vite on lance
une corde
au petit canard
qui attache
Alexandre
encore étourdi.

Arthur
le hisse
sur le balcon,
lui enlève
son scaphandre
et le ranime
tout à fait.

Au vestiaire
ils retrouvent
Pom et Flore.
"Allons
au restaurant
pour nous remettre
de nos émotions",
dit Arthur.

Ils sont maintenant assis tous les cinq autour d'une table.
"Fameux ce chocolat, dit Alexandre, mais j'aimerais bien
manger un gâteau en même temps! Moi je n'ai pas faim, dit Pom.
— C'est ta faute, gros patapouf, lui réplique Flore,
tu as mangé trop de saucisses, tout à l'heure."
Autour d'eux des conversations animées sont engagées

Auguste l'hippopotame et Grégoire le lion prennent
le thé avec le roi Babar et la reine Céleste.
Ramatur boit un pot de bière avec le général Cornélius.
Podular est monté sur un immense tabouret
pour être à la hauteur de Césarine
qui mange de la confiture de bananes.

Arthur est reparti de son côté.
Pom, Flore, Alexandre et le petit canard
sont allés voir le guignol des kangourous
où l'on joue l'histoire du Dragon Vert.
C'est passionnant.
Les spectateurs sont très excités.
"Attention, le voilà ! Attention!"
crient-ils dès que le dragon entre en scène.

Le spectacle terminé,
les quatre amis s'en vont dans les coulisses
féliciter les kangourous.
Ceux-ci, pour leur faire plaisir,
leur montrent comment ils font marcher
les marionnettes.
"Cela doit être fatigant
d'avoir les pieds en l'air", dit Pom.

Le soir toute l'exposition est illuminée pour la fête de nuit.
Les bateaux glissent doucement sur le lac.

Les trois petits éléphants, avant d'aller se coucher,
regardent à travers la balustrade du pont.

Un mois s'est écoulé. L'exposition est finie.
Avant de retourner chez eux
tous les animaux viennent remercier
le roi Babar et la reine Céleste
et leur dire au revoir.
Ils sont très contents de leur séjour
à Célesteville
et se promettent de donner
d'aussi belles fêtes dans leur pays.
Le lion Grégoire et le général Cornélius
auraient encore bien des choses à se dire ;
ils décident de s'écrire souvent.

Les autobus conduisent les invités
à la gare, au port, à l'aérodrome.
Mais les girafes et les dromadaires
préfèrent aller à pied ;
ce sont de grands marcheurs.
Ramatur a eu beaucoup de mal à fermer
sa valise pleine de cadeaux.

Le petit canard
va rester quelque temps encore
chez Babar.
Souvent, avec ses amis,
il joue "à la fête de Célesteville".
Pom est déguisé en lion, Alexandre en girafe,
Flore fait l'hippopotame.
Et le petit canard imite le cri des oiseaux.